KB181161

어머니의 길

원용우 시조집

새미

시조집을 내면서

나는 이번에 열 번째 시조집을 낸다.

시조집 내는 작업은 탑 쌓는 일에 비유된다.

10번이나 같은 일을 되풀이했으면 그것이 은탑이나 금탑은 돼야 한다.

그러나 쌓아놓고 보니 전처럼 돌탑을 쌓은 것 같다.

그래도 탑 쌓는 일을 그만둘 수는 없다. 결과가 중요하지 않고 과정이 중요하기 때문이다.

시조 쓰는 공부는 멈출 수가 없다. 한 우물 파야 하고, 이미 가던 길을 계속 가야 한다. 그것이 나의 운명이기 때문이다.

2023년 8월 구의서실에서

여강 원용우 씀

차 례

제3부

제4부

제5부

해설 및 특별기고

제1부

봄소식

먼 산이 달라 뵈니 봄소식 오려나 보다
나도 몰래 이는 신명 누가 풀어 놓았나
화락(和樂)을 한 짐 지고서 팔십 고개 넘는다.

지은 업 내려놓고 새로운 길 열어야지
움트는 나무들도 희망 싣고 달려오네
밝은 빛 오시는 소리 동창(東窓) 밖을 흔든다.

삼복염천에

땀방울 샘솟으니
불을 자꾸 때나 보다

아궁이 안 보이는데
어머니도 안 보이는데

할머니 뱃가죽 같은
호박잎 삶는구나.

추분날에

청청한 가을 하늘
텅 비어 막막한데

생각만 무성했지
빈 배 저어 가는 사공

감사한 마음 하나는
잊지 않고 싶는다.

신축년(辛丑年) 새해 아침

태초에 열린 설원(雪原) 아직도 숨 쉬는가
텅 비어 허한 벌판 좋은 기 샘솟는데
황금의 소 한 마리가 새 아침 끌고 간다.

솜이불 덮어쓴 듯 산야(山野)는 흰 옷 입고
모두가 들 뜬 기분 북소리도 춤추신다
축복의 아침 햇살이 어둔 구석 다 밝히네.

새롭게 바뀐 세상 새 설계도 받쳐 들고
건설의 현장 찾아 배달 역사 쌓아간다
빛나는 일만 이천 봉에 통일의 꽃 피운다.

달님은

서러울 때 바라보니
서러운 표정 짓고

기쁠 때 바라보니
저도 기뻐 웃는데

인자한 마음씨 보면
어머니 닮았구나.

책과 씨름하며

누구는 늪에 빠져
헤어나지 못하는데

나는 왜 서책 지고
긴 하루 또 넘는가

희망을
심는 농부님
꿈을 심는 선비님

어머님의 어느 하루

호미자루 안 보여야
하루 일 다 마치고

흙먼지 입은 채로
둥지 찾아 오신다

어둠 속
어둠을 지어
잡수시던 저녁 밥

인생 열차

잡히지 않는 세월
굴러가는 인생 열차

모습은 다 달라도
어디론가 타고 간다

무거운
보따리 하나
끌어안고 잘도 간다.

겨울비

유난히 목이 말라
물 너무 마셨더니

방광이 부어 올라
참지 못한 하느님이

바지 문(門)
열어 놓고서
시원스레 배설하네.

골목에서

코흘리개 어디 가고
빈 골목만 서 있는가

그리워 다시 와도
낯선 바람 오가는데

흰 머리 뒤집어쓰고
노인 혼자 걷는다.

세월 앞에서

잘 먹고 잘 살아도
세월 자꾸 달리는데

그만 가라 쉬어 가라
온갖 굿 다했는데

그 놈은 저 멀리 가고
나만 혼자 웃는다.

희망 노래

푸른 산 푸른 들판 즐거워 춤추는데
꽃 피고 열매 맺고 돌아가는 수레바퀴
참 잘도 구르는 인생 구르는 맛 달콤해

밭 갈고 씨 뿌리고 가꾸는 나는 농부
오늘도 시조사랑 시조나무 심어두면
하늘을 이고 선 자리 붉은 꿈이 익는다.

구겨진 마음들을 곱게 펴서 간직하고
부드러운 얼굴빛에 목소리도 낮추고는
잔 가득 행복 담아서 취하도록 마시리.

마른 잎

짙푸른 젊음 안고 뽐내던 지난 시절
한바탕 봄꿈처럼 자취마저 희미한데
요양원 모신 어머니 손등 같은 마른 잎

하늘이 내린 우로(雨露) 받아먹고 살찐 잎새
한여름 매미소리 즐기며 흘린 세월
늦가을 오는 된서리 그냥 맞고 울었다

여위어 가는 햇살 해는 이미 설핏한데
곱게 물든 단풍아씨 요란한 몸짓해도
한 마리 나비가 되어 허공 속을 맴도네.

건 강

어둠이 밀려와서 하늘도 잠든 시간
눈 오나 비가 오나 공원에 모인 노마(老馬)
오로지 자신을 위해 자기와의 싸움 한다.

당기고 매달리고 철봉 틀과 힘겨루기
걷는 이 달리는 이 맨손체조 하다 보면
묵은 건 슬며시 가고 새 아침 문을 연다.

관절염 불면증에 허리 통증 심한 이들
하루도 쉬지 않고 팔다리 흔드는데
육신은 가볍게 날고 마음 밭엔 꽃 피네.

팔십 세 넘긴 이들 회춘 약 드셨는가
유연한 몸놀림이 이십대 젊음 같다
바라던 백세 시대가 출발 신호 알린다.

어머니의 길

가난을 이고지고 걸으셨던 어머니 길
연약한 몸을 던져 이 악물고 밭일했다
거기서 나는 곡물(穀物)로 보릿고개 넘겼다.

흙냄새 너무 좋아 흙속에 묻혀 살고
잡초와 씨름하며 좋은 시절 다 보냈다
잔주름 잡힌 이마가 훈장처럼 반짝였다.

아침엔 해를 안고 장푸납 밭 나가셨고
저녁엔 달을 이고 새둥지에 깃들었다
다리를 펴지 못한 방 단꿈만은 길게 폈네.

기도의 효험(效驗)

정화수 떠다 놓고 비손하던 엄마의 손
손바닥 다 닳도록 정성스레 올린 주술
자그만 빛줄기 하나 꿈결처럼 춤춘다.

가슴에 담긴 염원 언제쯤 꽃 피울까
자식의 꿈을 위해 몸 던져 빌던 모정(母情)
드디어 하늘도 깨어 새아침 문을 연다.

낮이면 밭일 하고 밤에는 복을 빌어
무성한 풀숲처럼 일어선 우리 집안
올리신 기도 소리가 잠들 줄을 모른다.

고향 옛집

유년의 아린 추억 덮어 쓴 고향 옛집
받쳐 든 네모기둥 자랑스레 서 있는데
아끼던 살림살이가 쓰레기로 남았구나.

가슴을 짓누르는 고요도 겨운 시간
어머니 살과 뼈로 바른 벽이 윙윙 운다
켜켜이 쌓인 먼지 속 쥐들 세상 되었는가.

우거진 잡초들이 마당 다 차지하고
오가던 벌과 나비 발길조차 끊겼는데
밤이면 별들 노래가 온 집안을 수놓네.

그리움

세상의 무거운 짐 모두 다 내려놓고
그리움 한 가지만 유품으로 남겨둔 님
천만 리 아득한 나라 혼자 이사 가셨다.

어릴 적 꼬까옷들 다시 꺼내 입고 싶고
손잡고 함께 걷던 옛 골목 보고 싶다
지금도 지울 수 없는 장독대의 장 냄새.

계시는 그 마을엔 메시지도 안 들어가
혼자서 긴긴 사연 눈물 섞어 적는다
띄우지 못하는 편지 가슴 속에 쌓는다.

유년의 겨울

가난의 옷을 입고 추위와 동거할 때
몰아친 눈바람을 막아준 초가지붕
외양간 쇠잔등처럼 생긴 모습 정겹다.

어둠의 긴 터널은 끝자락 안 보이고
눈물의 깊은 골짝 안개 잔뜩 끼었네
꾹 참고 기다린 나목 그가 나를 당긴다.

문풍지 울림소리 서러움의 징표인가
신문지 바른 벽들 나를 감싸 주었는데
낯선 땅 낯선 하늘이 대신 와서 앉았구나.

강물

무엇이 서러운지 울면서 가는구나
잃은 건 조선 하늘 미세먼지 뿌옇다
임이라 부르지 못해 안타까운 저 눈물

세월이 굴러가듯 어디론가 흘러간다
어제 밤 잠도 못 자 불면증에 걸렸다
입이야 달려 있어도 울먹이는 저 강물

들리는 신음소리 어머니의 허리 통증
밝음은 어디 가고 어둠이 다가 왔나
물처럼 살고 싶어도 얼어붙은 저 냇물

광화문

옥과 흙 구분 못해
날마다 속고 산다

목청을 드높여서
대한민국 외치지만

흙으로 덮인 광화문
붉은 깃발 날린다.

손녀

시간은 잡아매고
늘어져 잠만 자나

곱게만 자란 화초
모르는 바깥 세상

눈서리 비바람 치면
어쩌려나 꽃송이

타는 가뭄

더위가 기승 부려
대지는 숨 막히고

내뿜는 열기 올라
논바닥도 우는구나

갈라진 틈새를 보면
신음 소리 새나온다.

제2부

인생

이른 봄 새싹 날 때 나란히 자란 친구
다정한 형제 되어 살 부비고 살았는데
누군가 불러가셨나 옆자리 비었구나.

새파란 잎사귀가 누렇게 바뀐 그림
그린 이 안 보여도 어딘가 숨으셨다
한 송이 아름다운 꽃 그도 데려 가려나.

만나면 기분 좋고 헤어지면 아픈 가슴
얼마나 많은 이들 나를 스쳐 지나갔나
결국은 혼자 남을 몸 씁쓸하게 웃는다.

대한 절(大寒節)에

추우면 추운 대로 견디며 사는 이들
무거운 위압감에 숨죽이며 숨는다
눈귀를 막는 자들이 칼자루를 쥐었다.

겉으론 잘하는 척 입으론 위하는 척
위선의 탈을 쓴 자 제 세상 된 줄 안다
구름이 해를 가려도 오래 가지 못한다.

깨어나라 잠든 나무 일어나라 누운 풀들
3.1절 그날의 함성 귀에 쟁쟁 울리네
멀리서 새봄 오는 소리 언 가슴을 녹인다.

제야(除夜)에

세월은 굴렁쇤가 쉬지 않고 도는 열차
열두 바퀴 돌고 나면 종착역 신호 표지(標識)
이어서 달릴 주자(走者)가 새 바통을 받겠지.

마지막 점을 찍고 새날을 맞기 위해
묵은 옷 다시 입고 묵은 세배 드린다
떠밀려 가는 바퀴가 아쉬움만 남긴다.

삶이란

인생은 나그네여 먼먼 길 가는 광대
앞서거니 뒤서거니 도로가 비좁구나
가다가 안 보이는 사람 딴 나라로 가셨나.

무거운 고난의 짐 왜 벗지 못하는가
더 많이 가진 사람 더 많은 고통 받네
코뚜레 씌운 멍에가 괴로워 우시었나.

우연히 만났는데 인연이란 부부 되고
거기서 달린 열매 오순도순 살다보면
집안에 가득한 웃음 향내 또한 짙구나.

좋은 일

땀 흘려 일하라고 하느님이 보내셨나
먹이를 구하려는 개미 행렬 같은 중생
언제나 보고픈 사진 다시 꺼내 또 본다.

무거운 수레 끌고 골목 누벼 다니는데
쓰레기 치우면서 어둠 세력 씻어낸다
깨끗한 조선을 위해 앞장서서 싸운다.

남 위해 바치시는 아름다운 여인 마음
살기 힘든 집 골라서 희망 소포 배달하면
사랑을 나누는 세균 확산 율도 높다 한다.

옥수수

할머니가 업어 키운
손자 같은 놈이구나

여름 밤 입에 대고
하모니카 불어대면

모기는
앵앵거리며
반주 삼아 노래한다.

터널에서

생살에다 구멍 내고
터널이라 미화한다

아픔과 괴로움은
상상할 수 없지만

되돌려
받을 죄와 벌
바다보다 넓구나.

간원(懇願)

똑똑한 손자 하나
복을 빌어 나온다면

두 무릎 꿇고 앉아
하얗게 지새우고

손바닥
비비고 부벼
뭉개져야 멈추리.

여강 후손

뿌리가 튼튼해져
하늘로 뻗는 나무

울창한 가지와 잎
차일(遮日)하고 섰는 장송(長松)

기둥감 대들보 감이
큰 숲 이뤄 사는구나.

숲의 울림

혼자는 외로운가 나무들도 모여 살고
대나무나 소나무도 끼리끼리 속삭인다
주는 정 받는 정 모두 사랑꽃을 피우네.

낯선 이 다가오면 못 본 체 등 돌리고
반가운 손님 오면 손잡고 웃는 표정
고향의 냄새가 좋아 뿌리 깊이 박는다.

물주고 거름 주면 잘 먹고 잘 자라고
노랫소리 들려주면 가락 맞춰 춤춘다
우리가 못 듣는 귀 나무귀는 잘 듣는다.

자화상(自畵像)

고향이 대둔리인 시조광(時調狂) 여강(如江) 선생
어려서는 책 벌래요 지금은 망백(望百) 우로(愚老)
깃발이 꽂힌 정상에 오색구름 덮였네.

오로지 시조의 길 앞서 가던 나그네여
시조의 숲속에서 헤엄치고 다녔다
대 이을 후학들 무리 수영복도 입었다.

앉으면 시조 생각 누우면 당신 사랑
시조로 먹고 살고 시조 애(愛)를 입고 산다
새로 쓴 경전 지니고 시조 교회 다닌다.

탄생(誕生)

내가 왜 원씨인지 원씨 옷 입었는데
음습한 어둠 속을 헤집고 다니다가
새 싹을 틔우는 순간
눈이 부셔 울었다.

누군가 태어나라 시킨 것 아닌 중생
제 뜻도 아니면서 제 뜻처럼 걷는다
보아도 보이지 않는 길
출발선을 넘었다.

유소년 기를 돌아보며

추위에 감기 들고 습관처럼 코 흘리고
골목에 모인 애들 어디로 날아갔나
한 마리 새로 남아서 허한 하늘 지킨다.

자치기 딱지치기 싸우며 놀던 시기
어머니가 지어준 옷 그리움만 남겨 놓고
비워둔 적막이 쌓여 늙은 가슴 누른다.

찔레꽃 진달래꽃 다투어 핀 산야에
손잡고 뛰어놀던 옛 친구 보고 싶다
속으로 짝사랑하던 소녀 얼굴 그립다.

새로운 길

가는 길 오는 길이 다시 보면 새로운 길
만났다 헤어졌다 함께 걷는 인생길
뛰거나 걷거나 간에 하루해를 넘는다.

길이야 나 있지만 앞이 잘 안 보이는 길
등에다 무거운 짐 덤으로 다 지고서
잠시도 쉬지 못한 채 앞만 보고 가시네.

비바람 몰아쳐도 멈출 수가 없구나
모두가 옷이 달라 같은 옷을 볼 수 없네
쉬운 길 어디에 두고 진흙탕길 헤매는가.

수박

푸르른 둥근 수박 겉과 속 너무 달라
겉만 보고 그가 좋아 곁에 두고 지냈는데
속으로 빨간 물들어 먹을 수가 없구나.

형제

옆가지 튀어나와
같은 곳 향해 갈 때

우애의 옷을 입고
즐거움에 취했는데

어느 날
뚝 떨어진 낙엽
그게 바로 나였구나.

인연

만나고 싶지 않아도
인연 따라 만난 꽃님

연리지 나뭇가지
부부처럼 붙었구나

나무도 음양이 만나
아들 하나 낳는다.

갈등

창밖은 어둠 세상
겨울바람 윙윙 운다

늘 하던 새벽 운동
두 마음의 눈치 싸움

따스한 아랫목 유혹
넘어간다 그 고개.

새해를 맞으며

저마다 세월 타고
참 잘도 굴러간다

구르면 구를수록
나이테 더해지고

또 한 살 더 먹기 위해
바꿔 탄다 새 차로

까치집

삭정이 물어다가
동그랗게 얽어놓고

허공에 앉힌 집이
추위 막지 못하지만

품속에 안긴 자식들
부자유친(父子有親) 외운다.

사육신

의로운 영양소만
골라서 먹는 청송(青松)

천둥과 번개 칠 때
밑동마저 잘렸는데

남겨진 푸른 잎사귀
시들지 않고 웃는다.

학문의 길

한평생 광맥 찾아
굴속으로 들어갔다

땀범벅 곡괭이질
결국 나(我)와 싸우는데

한 움큼 금 캐기 위한
광부 놀이 즐겁다.

지하철

태생이 두더지라
땅굴 파고 잘 다닌다

하늘이 주신 양식
어둠은 먹지 않고

사람만 요리해 먹는
아프리카 식인종

새싹

날아온 씨앗 하나
밭머리 발붙이고

땅 기운 감돌더니
새 생명 움 트는데

겉껍질 뚫고 올라온
내 손자들 귀엽다.

제3부

악양정에서

단아한 기품 지닌 악양정은 말문 닫고
뜨락의 매화나무 먼저 나와 반겨준다
글공부 사랑하시던 일두(一蠹) 선생 환영(幻影)인가

발걸음 기침소리 아직도 들리는 듯
서동(書童)들 무릎 꿇고 천자문 외우는 듯
세상은 달라져가도 조선 옷만 입는다.

성리(性理)의 도를 따라 곧은 길 걸으셨고
외로운 달밤이면 남도 노래 가락 맞춰
찾아온 바람을 벗해 바람처럼 춤춘다.

운곡 선생의 발자취

굽은 것 마다하고 곧은 것만 즐기시고
비바람 사나워도 웃음 잃지 않으셨다
산자락 우뚝 선 청솔 의지 또한 푸르다.

만월대 그리워서 눈물 삼켜 시도 읊고
해도 하나 달도 하나 고려 하늘 눌러 쓰고
영욕을 내려놓고서 구름 따라 걷는다.

그때는 빛을 잃어 어둠 속 헤맸는데
지금은 운곡 화원(花園) 봄 향기 가려 입고
절의로 먹고 사는 곳 옛님 찾아 나선다.

관란 원호 선생의 길

비단 길 마다하고 가시밭 길 가신 생애
젊어진 세월 무게 벗지 못해 우신 이 밤
촛불도 속을 끓이며 찬바람에 우는구나.

두 해(太陽)는 왜 나타나 천둥소리 요란한가
약자는 뒤로 밀려 유배(流配) 길로 접어드네
따르는 강물마저도 제 정신 잃었구나.

의로운 길 걷던 선생 고행(苦行)길로 바꿔 타고
영월 골 고요한 밤 꿈속에 임을 만나
새도록 한(恨)을 풀다가 몽유록(夢遊錄)에 날인했다.

일두 정여창 선생

밤이면 수많은 별 저마다 빛내지만
일부러 그리려도 그려낼 수 없는 별님
함양 골 외진 구석을 대낮처럼 밝혔네.

굽은 길 가지 않고 곧은길 걸으신 님
충효의 옷 즐겨 입고 다른 옷 멀리했다
비바람 몰아치던 날 허리 꺾인 대나무.

벼슬 길 바꿔 타고 순항을 거듭하다
불의의 암초 만나 배는 이미 부서지고
밤새워 우는 소쩍새 종성(鍾城) 하늘 찢는다.

함양의 남계서원

단아한 조선 선비
위엄 있게 앉은 모습

세속의 티끌 먼지
이젠 모두 털어내고

조용히
눈을 감고서
묵상하고 계시네.

고려의 이집(李集) 선생

풍운이 몰아쳐도 굽히지 않는 청죽(青竹)
더우나 추우시나 올곧은 천품(天稟) 받고
기개는 하늘 찔러도 텅 빈 속이 꽉 찼다.

포은과 목은 선생 나란히 걸었는데
날빛은 안 보이고 먹구름만 무성하네
쏟아진 소낙비 속에 청청해진 대(竹)의 울림

벼슬을 마다하고 외롭게 사신 둔촌(遁村)
기름진 문전옥답 폐허되어 우는구나
누렇게 변한 세상에 청대 잎만 푸르다.

생육신 김시습 찬가

독서가 너무 좋아 독서광이 되었고
시대와 맞지 않아 시대와 싸운 낭인(浪人)
외로움 벗을 삼아서 외로움 입고 산다.

솟는 해 잡지 않고 지는 해 잡은 의인(義人)
옆 눈을 팔지 않고 앞만 보고 걸었다
유난히 반짝이는 별 내 눈길을 끄는데 …

남기신 매월당집 문향(文香)이 넘쳐나고
꽃피운 금오신화 열매가 풍성해도
허(虛)한 맘 채우지 못해
지등(紙燈) 하나 밝힌다.

충숙공(忠肅公) 원충갑(元沖甲) 장군

두만강 건너서 온 도적떼의 모진 바람
북녘을 다 휩쓸고 원주성을 에워쌌다
이름은 합단적(哈丹賊)의 난 두려움에 떨었다.

칼바람 매운 추위 숨죽인 풀과 나무
별처럼 나타나신 향공진사 충갑 장군
몸 던져 예봉(銳鋒) 꺾어서 승전고 울리었다.

유년엔 활쏘기와 말 타기 즐겨하고
불의라 생각하면 지나치지 못한 성격
무공(武功)을 높이 세워서 광국공신(匡國功臣) 올랐다.

충효사(忠孝祠)

충효사는 황자룡의 위패를 모신 사당(祠堂)
효성이 남 달라서 50리 길 다니면서도
부모님 좋아하는 장국밥 날마다 해드렸다.

살던 곳은 반계리 본관은 창원 황씨
호랑이를 타고 다닌 하늘이 내린 효자
임란 땐 왜적 무찔러 황장사(黃壯士)라 불렀다.

대로사(大老祠)

대로사는 우암(尤庵) 선생 영정을 모신 사당
봉림대군 유소년 때 스승의 도 다하였다
곧은 길 곧은 생각만 가르치신 사부님

큰 벼슬 내리셔도 사양하던 참 선비님
서인의 영수로서 나라 위해 일 하셨다
대로(大老)란 새로운 이름 늘 따라 다녔다.

임금의 북벌계획 밑받침한 나라 기둥
높으신 산봉우리 짓밟는 이 누구인가
효종을 너무 사랑해 효종 향한 해바라기

명성황후 생가

여주시 능현리에 자리한 황후 생가
안채는 원래 건물 바깥채는 다시 세움
안방에 모셔진 진영(眞影) 근엄하게 웃는다.

탄생을 기념하는 구리비(舊里碑)의 옛스러움
아담한 팔작지붕 눈과 비 막아준다
어려서 뛰놀던 집터 장미꽃도 피었다.

왕비로 책봉된 후 눈물 먹고 사신 생애
왜인들 국모시해 하늘도 노하셨나
날벼락 치는 소리에 눈물 흘린 탄강비.

경천묘(敬天廟)

경천묘는 경순왕의 영정 모신 신당(神堂)
신라의 마지막 장 넘기셨던 비운의 왕
원주의 용화산(龍華山) 정상 미륵불로 오셨네.

견훤에 당한 굴욕 큰 상처로 남았는데
고려에 넘긴 사직 가슴 깊이 멍든 자국
통한을 이기지 못해 소낙비로 우는가.

후삼국 싸움터 된 옛날의 북원 지방
왕건이 오르셨던 건등산이 부르는데
귀한 분 오셨다 가신 귀래면도 손짓한다.

충혼탑

화천군 명월리에 터 잡은 전적 기념
전사한 아군들의 넋을 기려 만든 제단
하늘로 솟은 충혼탑 나래 펴고 앉았네.

6사단 장병들이 철의 삼각지 진격할 때
중공의 오랑캐들 기습 받아 무너졌다
산기슭 떠돌던 고혼(孤魂) 노란 꽃들 피었구나.

조국의 평화 위해 귀한 목숨 바쳤는데
피아를 구분 못한 썩은 인간 쓰레기들
깨끗이 대청소할 날 새벽 문이 열린다.

관란정에서

제천시 장곡리에 우뚝 솟은 누정 하나
뒤에는 푸른 솔밭 앞에는 천길 절벽
슬퍼서 우시던 강물 아직도 흐르는가.

단종을 그리워 해 이곳에 온 관란 선생
청령포서 흐르는 물 자나 깨나 바라본다
억울함 삭히지 못해 피눈물을 삼킨다.

앉으나 서나 임 생각 영월 향해 절하시고
이 세상 멀리하신 생애는 외로운데
생육신 이름 석 자는 빛을 더해 웃는다.

복천(福川) 서희(徐熙) 선생

부발읍 효양산의 정기 받아 나신 선생
거란의 80만 대군 지략으로 물리쳤다
이천이 낳으신 영웅 산봉우리 드높구나

압록강 가는 길목 여진이 살던 지역
힘으로 밀어내고 성을 쌓아 방어했다
새도록 반짝이는 별 고려 하늘 지키네.

자아를 버리시고 나라 위한 충의 정신
자나 깨나 북방 영토 찾으려 뛰시다가
먼 나라 가신 임께서 우리 곁을 지킨다.

고성의 월이

여성의 몸이지만 남달리 영특해서
간자(間者)가 잠든 사이 지도 꺼내 덧칠했다
고성이 낳으신 영웅 새긴 이름 빛난다.

왜구의 약탈 행위 산하(山河)도 우시는가
한 맺힌 가야 아씨 지략으로 바뀐 전세(戰勢)
이름은 기녀라지만 충절 푸른 대나무.

천하게 살았어도 정신은 고귀한 분
갈수록 빛을 더해 어둔 세상 밝힌다
당항포 승리의 깃발 거북선이 춤추네.

온달 사랑

돌조각 깨진 와당 아프다고 뒹구는데
산기슭 붉게 핀 혼 온 산이 물들었다
달려온 공주의 사랑 보슬비에 젖는구나.

참호와 울타리는 남아있는 유산인가
그날의 함성 소리 여운만은 아름다워
온달의 영원한 사랑 산딸기로 익는다.

행주산성에서

싸우면 승리 하는 도원수 권율 장군
적들은 썩는 검불 아군은 싱싱한 숲
긴장감 싸인 하늘에 오색구름 감도네.

성벽에 기어오른 왜군들의 모습 보고
부녀자는 앞장서서 돌을 담아 날렸다
이래서 우리엄마가 행주치마 걸쳤구나.

평소에 익히 배운 행주대첩 기리고
사적을 둘러보고 그 은덕에 묵념했다
임란은 역사가 아닌 바로 우리 목숨이다.

역동 우탁(禹倬) 선생

성리의 옷을 입고 성리의 밥을 먹는
역동의 성리 정신 동방 하늘 밝힌다
유난히 튀는 북극성 한반도를 비추네.

남달리 총명하여 글공부에 빠진 사람
29세 젊은 나이 과거급제 영광 안고
불의엔 못 참는 성격 대쪽 같이 곧구나.

부왕(父王)의 후궁이신 숙창원비(淑昌院妃) 범하시자
흰 옷 입고 도끼 들고 나아가서 아뢰었다
목숨을 내놓고 하신 지부상소(持斧上疏) 놀랍다.

시조의 3장 형식 창안한 으뜸 스승
부르신 탄로가는 우리 노래 효시작품
대한의 얼 담는 그릇 청자보다 푸르다.

고창 고인돌 유적지

세상은 잠시 와서
머무르다 가는 무대

무거운 짐을 지고
숨 가쁘게 걷는다

걷는 일
그만 두어야
마음 놓고 쉬는 집

아득한 선사 시대
인류의 거석문화(巨石文化)

돌기둥에 돌 지붕이
벽도 없고 문도 없다

영혼이
살고 있는 집
비바람 드나든다.

제4부

휴전선 유감

흰옷의 배달겨레 대 이어 살아온 땅
지키고 가꾼 나라 찬란한 빛 눈부신데
쌓아논 이념의 장벽 넘지 못한 구름아

한쪽은 빨간 무늬 다른 쪽은 파란 색깔
하나의 지도인데 조각 난 허리 통증
갈라선 형제가 되어 등 돌리고 앉았구나

산야는 봄날 되면 새 옷 입고 춤추는데
휴전선 떠돈 고혼 야생화로 피었네
밤새워 우는 소쩍새 시린 하늘 찢는다.

한탄강에서

원시를 휘돌아서 먼 바다로 가려는가
한탄강 그 이름이 한을 품게 만들었다
남과 북 자유 왕래를 실현하신 위대함

양 언덕 파인 절벽 누가 만든 작품인가
기묘한 조각품들 놀라운 신의 솜씨
골짜기 흐르는 물도 잊지 않고 새겼네.

저기 저 물새 떼들 그림처럼 그렸구나
갈대 숲 기름진 밭 둘일 수는 없는데
갈라 선 산봉우리들 하늘도 둘이구나.

여주 찬가

푸르른 산수 고장 비옥한 옥답 많아
다소곳 모여살고 좋은 기 내뿜었다
뱃노래 사랑 노래가 물결처럼 넘실대네.

옛날엔 골내근현(骨乃斤縣) 황려(黃驪)라 불리던 곳
세종도 왕림해서 보살피고 지켜준다
밤하늘 가득한 별빛 꽃비처럼 내리시네.

남겨진 문화유산 많은 사람 눈길 끌고
모여든 시인묵객 여주 찬가 불러준다
황학산 붉은 진달래 조선 혼도 피운다.

그때 그 시절

와수리는 젊은 시절 제복 입고 생활한 곳
기간은 짧았지만 천년 세월 같았다
숨 쉬고 살 수가 없는 감옥살이 하였다.

죄수가 아니면서 죄수 대접 받았던 곳
포로가 아니면서 포로처럼 살았던 곳
조금도 자랑스럽지 않은 내 나라의 일등병

밤에는 보초 서고 낮에는 노역 하고
억눌려 사는 삶에 눈물도 메말랐다
우물 속 개구리 되어 바깥세상 안 보였다.

제2 땅굴

북에서 파 내려온 중부 전선 제2 땅굴
숨어서 땅속 파는 두더지 족속이냐
어둠의 터널 속에서 어둠만 먹고 산다.

남들의 뒤통수 치는 은밀한 작전 계획
지들이 파놓고서 남이 했다 덮어씌운다
용케도 암반만 골라 파는 실력 놀랍다.

연장 자국 기계자국 남으로 향했는데
동굴의 물길만은 북을 향해 흐른다
지옥에 떨어진 사람 아우성 소리 들린다.

평화의 종

세계의 분쟁지역 탄피로 만든 신물(神物)
이름은 평화의 종 울지 않는 침묵의 종
원래가 벙어리였나 수화(手話)만 자꾸 한다.

몸무게는 일만 관 태산을 진 것 같다
체구는 크다마는 제구실 못하는 장애
부모의 속만 썩이는 불운아(不運兒) 되었구나.

휴전선 가까운 곳 화천 땅에 자리 잡아
북녘 산 바라보며 눈물이나 흘리는데
하늘이 하나 되는 날 웃음 잔치 열리라.

파로호(破虜湖)

북한강 협곡 막아 이뤄낸 인공호수
높고도 푸른 산들 둘러친 댐의 나라
물속엔 물고기 세상 자유 먹고 사신다.

옛날의 화천 댐이 파로호로 개명 했나
중공군 3만여 명 수장한 살수대첩
모르는 학생들 위해 교과서를 고치자.

육이오의 기억

중학교에 들어간 지 석 달쯤 지낼 무렵
저주의 육이오란 활화산이 터졌다
물밀 듯 내려온 전차 수도 서울 삼킨다.

천둥이 빗발치는 날 산하(山河)는 울먹이고
밤새워 짖는 포성 하늘 한켠 무너졌다
삼팔선 댐이 터져서 붉게 물든 하반신

휴교령 내린 학교 고요의 숲 무성한데
밤이면 기숙사를 담요로 에워쌌다
싸이렌 울릴 때마다 조용히 숨던 생령(生靈)

여강

맑고도 고운 심성
태생이 부드러워

고난의 역정 딛고
문막 나루 지나간다

지고 온 무거운 돌 하나
내려놓고 또 떠난다.

등산

날마다 하는 등산
땀 흘려 넘는 고개

정상 지나 하산 길엔
친구들 꽤 보였는데

밑바닥 다다랐을 을 땐
보따리도 안 남았네.

종친회

찬 서리 비와 바람
온몸으로 견딘 세월

아람 들이 나무 밑동
심장(心臟)처럼 맥박 뛴다

고목(古木)의 가지와 잎들
하늘 반쯤 가렸네.

이상한 열차

앞으로 갈 줄만 알지
물러설 줄 모른다

굴러서 가면서도
쉬지 않는 이상한 차

고장도 한 번 안 나고
아픈 적도 없는 너.

병자호란(丙子胡亂)

북방의 매운 추위
한강수 얼어붙고

짓밟힌 내 나라 땅
시든 풀만 누었구나

외롭게 갇힌 왕벌이
발만 동동 구른다

삼전도 수항단(受降檀)에
머리 굽혀 조아리고

비빈(妃嬪)들 척화(斥和) 대신
마우(馬牛)처럼 끌려간 날

굴욕을 피 섞어 마시며
개일 날을 꼽는다.

창밖을 보면서

흐릿한 하늘 너머
그리운 이 살고 있나

몸이야 늙었어도
마음은 싱숭생숭

달려가 안고 싶어도
필다리 무겁구나.

맨발 운동

어둠을 뚫고 나온
새벽의 사나이가

미친 이 닮았는지
맨발로 뛰고 있다

발바닥 불이 나지만
마음만은 상쾌해.

생육신

험한 길 가파른 길
골라서 가신 생애

목덜미 짓눌러도
굴하지 않는 성격

의(義) 먹고 사신 언덕에
샛별 하나 빛난다.

늘그막 길

지난 일 먹고 사나
유년 시절 아른댄다

꽃밭도 지났지만
뒤엉킨 가시덤불

헤치고
저어가면서
늘그막 길 잘도 간다.

고해(苦海)

세상은 고해라고
누가 붙인 명사인가

쌓아 논 돈 많으면
도둑 들까 걱정이고

가난이 즐겨 찾는 집
웃음소리 안 들리네.

가는 곳

이렇게 사시다가
저렇게 가신 임들

그리워서 떠올려도
빈주먹 쥐었구나

서산에 걸린 해 따라
풍덩하고 빠졌네.

한가위 날에

올해도 한가위 날
한 바퀴 또 돌았나

어릴 때 보았던 달
빙그레 웃으시네

소년은 그 소년인데
백발 노인 누구신가.

제5부

원생몽유록

앉아도 영월 쪽을 누워도 단종 향해
누우셨던 관란 선생 엮어나간 충절 정신
이름도 원생몽유록 몽유 세계 그렸네.

꿈속에 의탁하여 모이신 어린 임금
사육신 혼령들이 청령포 산기슭에
시회(詩會)를 벌인 자리가 피눈물 얼룩졌다.

얼마나 억울하면 강물도 울어 예나
소쩍새 울음소리 애간장 다 녹인다
몽유록(夢遊錄) 저항의 문학 좋은 기운 더한다.

신륵사에서

봉미산 남쪽 자락 터 잡은 천년 고찰
지금도 풍경 소리 빈 하늘 울리는데
마음은 부처님 세상 꽃밭에서 노닌다.

물 맑고 산도 좋아 풍광이 아름다운
강월헌(江月軒) 언덕 위에 웃음 짓는 보름달
그 달빛 가득 싣고서 여강 물은 흐른다.

사람의 심장 같은 남향(南向)의 극락보전
왕생을 비는 보살 그림처럼 앉아있다
밤새워 타는 촛불도 법당 안을 밝힌다.

설악을 만나고서

제 멋에 산다지만 변장술이 놀랍구나
수려한 옷매무새 천하제일 미녀인데
불거진 근육질 보면 꽃미남을 닮았다.

우뚝 선 대청봉은 영락없는 장군 모습
거느린 군사처럼 도열한 군소봉들(群小峰)
하늘을 찌르는 기개 견장(肩章)처럼 반짝인다.

천불동 계곡에는 부처님들 모여 산다
입으신 먹물장삼 숙연한 분위기에
해질녘 범종소리만 혼자 뎅뎅 울리네.

어둠이 짙어오면 설악 숲은 잠드는데
멧돼지 산짐승들 제 세상 만났구나
시간은 굴러가는 것 나도 따라 구른다.

석굴암(石窟庵) 소묘(素描)

석굴암은 한마디로 돌 다듬어 만든 사원(寺院)
전생의 부모 위해 지어낸 불교 미술
너무도 자연스러워 한울님도 감탄한다.

인간을 뛰어넘어 극락왕생 한 것 같고
말씀은 안하셔도 웃음꽃 가득한데
열한 개 얼굴을 가진 관음보살 오셨네.

반구형 감실(龕室) 안에 모셔진 여러 불상
아름답고 부드러운 피부의 고운 색깔
맥박이 뛰는 것처럼 살아서 움직인다.

남명(南冥) 조식(曹植) 선생

남명은 유년부터 공부만 하던 선비
벼슬을 멀리하고 성리학에 심취했다
지리산 천왕봉처럼 우뚝 솟은 봉우리

오로지 학문 연구 후진 양성 하신 대가(大家)
문하에 기른 나무 울창한 숲 이뤘는데
수양산(首陽山) 숨어사시던 백이숙제 닮았다.

경의(敬義)를 신조 삼아 바른 길 걸으시고
왕의 부름 받았을 때 치국(治國)의 도 논하였다
밤하늘 북극성 되어 어둔 세상 밝혔네.

계룡산 예찬

계룡산의 능선은 닭벼슬 한 용의 형상
계룡이 승천하여 길지(吉地)라 점 찍은 곳
좋은 기 샘처럼 솟아 좋은 일만 터진다.

수려한 산자락은 아가씨의 치마 자락
울퉁불퉁 바위들은 대장부의 기골 같다
남녀가 조화 이룬 곳 애기 울음 들린다.

봄에는 벚꽃 터널 가을엔 비단 단풍
속세와 거리를 둔 암자에서 나는 향기
골짜기 넘치는 물도 홍에 겨워 춤춘다.

소백산 소묘

머리에 모자 대신 흰 눈 쓰고 사는 소백
초원과 주목군락 설화(雪花)가 눈부시다
배꽃이 일찍 피었나 봄바람은 아닌데

국망봉 비로봉 등 영봉들 줄서 있고
수많은 계곡에는 은하수 걸려 있다
견우와 직녀가 만나는 오작교의 아름다움

연화봉 아래에는 연화사 둥지 틀고
희방사 부석사를 품고 사는 불교 성지
불심(佛心)이 익을 대로 익어 빨간 열매 달린 나무.

도산서원(陶山書院)

명종 때 제자 양성 위해서 세운 서당
그 서당 배경으로 도산서원 터 잡았다
선생의 학문과 업적 열 계단은 뛰었네.

선현배향 지방 교육 가는 길 뚜렷한데
영남 유림 다 모여서 꽃피운 유교문화
조선의 선비정신이 나무처럼 뻗는다.

건물들 수가 많아 시선 집중 안 되는 곳
전시물 가득 차서 여유 공간 없구나
절제미 생략법 같은 수사 기법 아쉽다.

통도사에서

영취산 동쪽 기슭 자리한 사찰 입구
울창한 태고림과 암석들 펼친 계곡
시냇물 염불 소리가 귀에 쟁쟁 울린다.

선덕여왕 십오 년 자장율사 세운 건축
진리로 통하는 길 보여주고 가르친다
뜨락에 섰는 나무도 아미타불 외운다.

박물관 처마 밑에 놓여있는 대형물통
외양간에 놓여있던 소구유 닮았는데
전시된 불교 유산들 자비의 옷 입었다.

치악산을 바라보면서

비바람 눈서리를 맞고도 웃는 모습
계절은 바뀌어도 변하지 않는 안색
의연한 기상을 보면 대인의 풍도 같다.

좋은 이 나쁜 이를 가리지 않는 성격
무른 듯 단단한 속 그 뉘가 알까마는
가슴에 들끓는 용암 분화구로 솟는다.

지나는 철새에겐 쉴 자리 품어주고
불만의 소리조차 다 받아 안고 간다
눈 감고 귀 막고 사는 현철(賢哲)들을 배운다.

몰운대에서

낙동강 최남단에 자리한 몰운대 섬
강에서 흘린 모래 쌓여서 이룬 사구(砂丘)
마침내 육지와 붙어 꼬리처럼 달렸다.

안개와 구름 낀 날 잠겨서 안 뵈는 섬
해안의 기암괴석 상록수림 펼친다
자연이 그린 걸작품 넋을 잃고 바라본다.

섬 안에 새로 닦은 산책로 양안에는
해송(海松)을 줄을 세워 바닷바람 막는다
어깨를 나란히 하고 걷는 장면 그린다.

전란의 체험

38선 높은 댐이 6.25날 터졌는데
억수로 퍼붓는 비 물바다 넘친 세상
물속에 잠긴 건물들 지붕만 보이는 섬

두 패로 갈린 겨레 분노 함성 짖어댄다
계절은 여름인데 한겨울의 칼바람이
거세게 밀고 내려와 낙동 전선 이뤘다.

인천의 상륙 작전 북괴의 허 찔렀다
잃었던 북녘 하늘 자유의 꽃 피웠는데
때 아닌 대륙의 흉노 병자호란 다시 본다.

낙산사 유감

신라의 문무왕 때 자장율사 창건한 절
산중은 멀리하고 바닷가로 나왔다
사람들 너무 몰려와 시장바닥 같구나.

규모는 크게 잡고 건물들 너무 많아
한 바퀴 도는 데도 심신 이미 지쳤네
부처님 뵈지 않는데 해수관음 자꾸 뵈네.

대웅전 관심 없고 홍연암 인기 좋아
몰려온 중생들이 야단법석 떠드는데
불상엔 절하지 않고 유리바닥에 절한다.

의상대는 낙산사의 동쪽에 세운 정자
파도는 간단없이 입 벌리고 대드는데
먼 바다 수평선 너머 가신 님이 그립다.

돌장승 앞에서

나무나 돌을 깎아 사람처럼 만든 장승
장군의 표정이나 할머니 얼굴 닮았다
마을의 안녕을 위해 마을 입구 지킨다.

역병이 들어올 땐 막아주는 직분 수행
지나는 사람에겐 이정표 구실 했다
선조들 남기신 유물 마음 여유 생긴다.

우직하고 소박한 조선인 연상된다
우리 맛 우리 냄새 물씬 나는 조형예술
무섭고 인자한 모습 동시 지닌 도깨비.

난지도에서

한강에 자리 잡고 천 년을 이어온 섬
난초와 지초 같은 향기에 취했었다
꽃들은 즐거워했고 새들은 노래했다.

옛날엔 황포돛배 그림처럼 떠다니고
바람도 흥에 겨워 춤추며 지나던 곳
인간이 만든 쓰레기 집합 장소 되었다.

겉치레 다시 하고 새 옷 갈아입더니
이름도 하늘공원 하늘이라 자랑한다
방법을 바꾸어야지 내일의 삶을 위해.

모기

밤이면 모기들이
소방수로 변장하고

귓가를 뱅뱅 돌며
사이렌 소리 낸다

피 맛이 하도 좋아서
하하 웃는 아귀(餓鬼)야.

만월대(滿月臺)

굽은 길 버리시고
곧은 길만 고집하다

비명에 가신 넋들
만월대를 못 떠난다

두 마음 가질 수 없어
한 마음만 지킨다.

해설 및 특별기고

해설

시조의 큰 스승, 여강 원용우 선생

정은미시인
(광진문인협회)

광진구에 시조의 터줏대감이 살고 있다. 그는 시조에 의한, 시조를 위한, 시조를 위해 사는 문학박사이며 시조 작가다. 오직 시조의 외줄 타기로 후학을 양성하고, 누구도 밝히지 못했던

시조의 기준 음수율이 어디서 비롯되어 왔는지 그 근거를 밝히는 논문을 발표하여 학계와 문학사에 큰 반향을 일으켰다. 그는 새벽 4시면 일어나 언제나 시조 쓰는 일에서 하루를 시작한다. 45년 동안 꾸준히 쓴 시조엔 그의 칠정(七情)이 담겨 있다. 지면이 허락지 않아 그중 희(喜), 노(怒), 애(哀), 락(樂)을 통해 광진구의 자랑인 원용우 선생의 작품과 함께 그의 응축된 삶을 들여다본다.

희(喜) 내가 가는 길은 자나 깨나 시조의 길 / 가다가 쓰러지고 쓰러졌다 일어서고 / 아리랑 고개 넘는다 도포에다 삿갓 쓰고 // 시작은 있었지만 끝 안 보이는 구도의 길 / 시조를

쓰는 게 아녀 시조교를 믿는 거다 / 땀 흘려 오르는 산행 잠시 쉬어 가는 쉼표 // 밤 새워 기도하다 감격의 눈물 흘리고 / 앞서 간 이 밀어주고 뒤 오는 이 끌어준다 / 화선지 펼쳐든 날에 묵향(墨香) 짙게 풍긴다

—「시조의 길」 전문

원용우 선생에게 시조는 끝도 보이지 않는 구도의 길이고 종교다. 인생의 반 이상을 시조 연구와 후학양성과 시조 쓰기라는 거친 산맥을 수없이 넘기며 여기까지 왔다. 시조는 문학의 다른 장르에 비해 덜 일반적이고, 시조 작가나 독자의 수가 상대적으로 적다. 그럼에도 오직 시조만 바라보며 외길로 걸어 온 그의 끈기와 집념, 성실과 애정이 시조의 대가(大家)를 만든 원동력이 아니었을까. 결국 흔들림 없이 걸어온 이 길 위에 <여강 문학관> 설립이라는 감격의 눈물을 이뤄냈다. <여강 문학관>은 경동대학교 강원도 원주 문막 메디컬 캠퍼스에 세워졌다. 학생들의 인성 함양과 인문학적 소양을 쌓는데, 이만한 선생이 없다고 판단한 학교는 그의 호(號)를 따서 지난 2022년 3월 4일에 <여강 문학관>을 개관하였다. 시조집 10권과 수필집 9권 그리고 1만여 권의 장서와 46점의 도자기, 족자, 액자 등이 전시되어 있다. 원용우 선생은 고향 땅 원주 이곳에 일생의 작업들이 한 곳에 모이게 된 것을 인생의 가장 큰 기쁨이요, 보람이라며 한껏 도포 자락을 휘날린다.

노(怒) 내가 보면 굽은 거고 네가 보면 바른 거고 // 분명히 굽었는데 안 굽었다고 우긴다 // 들녘의 굽은 나무도 굽은 줄 모르고 산다.

—「굽은 나무」 전문

원용우 선생은 살면서 가장 분노하는 일에 대해 이렇게 들려준다. 우리의 역사를 돌아보면 충신도 많지만, 간신이나 역적도 많다. 모두 인간의 욕심에서 비롯된다. 개인의 욕심 때문에 나라를 팔아먹거나 나라의 일을 해치는 것은 정말 분노할 일이다. 대표적인 역적은 조선말의 이완용이다. 이완용 같은 못된 인간을 보면 나는 화가 치밀어 오른다. 지금은 나라를 팔아먹는 역적은 없어도 국민을 속이고, 기만하고, 국민을 도탄에 빠뜨리는 위정자들에게 비탄을 금할 수 없다고 한다. 국민이 어떻게 살든 사리사욕과 당리당략을 위해서 서로 싸움질하고 남 탓만 하고 성찰할 줄 모르는 그들이 과연 대한민국을 대표하는 정치인인가 싶어 한숨이 깊어진단다. 분명히 굽었는데 안 굽었다고 우기는 사람들을 경계해야 할 것이고 자신도 굽은 나무로 살아가고 있지는 않은지, 성찰하며 살아가고자 한다며 그가 인자한 미소로 빙그레 웃는다.

애(哀) 무엇이 급하신지 뒤돌아보지 않고 / 떠나신 어머니가 가슴 답답하셨나 / 구름문 열어젖히고 얼굴 잠깐 내미셨네.

—「낮달」 전문

선생에게 가장 슬펐을 때를 꼽으라고 하니 단연코 어머니가 돌아가셨을 때라고 하며 먼 뒤안길로 사라진 기억들을 그가 더듬어본다. 어머니는 없는 집에 시집와서 평생 고생만 하다 돌아가셨다. 겨울이면 찢어진 문풍지 사이로 칼바람이 드나들었고, 여름엔 홍수로 방 안이 물바다가 되었다. 찐 감자가 주식이었고, 때로는 기름을 짜고 남는 찌기, 깻묵을 먹기도 했다. 게다가 일제 때는 다 빼앗겨 피밥, 조밥, 옥수수밥으로 연명했다. 그는 바지저고리에 게다짝('나막신'의 방언)을 질질 끌고 다녔는데 그게 가난인 줄도 모르고 주어진 환경대로 순응하면서 살아왔다고 말한다. 6.25 전쟁 이후에 밭을 사서 농사를 지었는데, 어머니는 집안일은 젖혀두고 밭에 가서 종일 일하시다 어둑해지면 흙투성이가 되어 돌아오시곤 했다. 이런 부모님을 보면서 그는 커서 농사꾼이 되지 않겠다고 이 악물고 공부에 열중했다고 한다. 그것이 흙에서 벗어나는 최상의 방법이라고 생각했다. 그는 대학을 졸업하고 직장에 들어갔는데 월급이 박봉이라 마음처럼 어머니를 제대로 돌보지 못했다. 시간이 지나면 나아지려나 하고 더 부지런히 일했지만, 생활 형편은 나아지지 않았다. 무심한 시간은 아들을 기다려주지 않고 어머니를 데려갔다. 용돈 한 번 넉넉히 드린 적 없었는데……. 그것이 평생 한으로 남았다. 고생만 하시다 무엇이 급했는지 뒤도 돌아보지 않고 저세상으로 떠나신 어머니. 구름 사이로 내민 어머니의 얼굴이 혹시나 이 불효자를 찾아 주시지나 않을까 싶어 자주 하늘을 올려다본다는 그의 주름에 그리움이 깊다.

락(樂) 굴곡진 역사 앞에 의연히 섰는 기상 / 왜군이 왔을 때는 맨몸으로 막아냈다 / 아직도 살아 숨 쉬는 선열의 고귀한 넋. // 나이는 들었어도 젊음의 샘 길어 올리고 / 가로 놓인 벽 앞에서 희망의 끈 놓지 않았다 / 처마 끝 앉은 제비들 봄은 다시 왔나 보다.

— 「촉석루」의 2, 3연

원용우 선생은 시조가 어디에서 유래했느냐는 연원설이 난무한 학계에 반향을 불러일으켰다. 외국에서 수입했다는 외래연원설은 근거가 없고, 재래연원설은 우리 문학사에서 찾는 건 맞지만 그것 또한 각자 주장하는 내용과 근거가 다양해 후학들에게 혼란만 가중시킨다는 것이다.

조상은 한 분에서 뿌리를 뻗어 내려와야 하는데, 원(原) 조상이 여러 사람이 되니 이는 조상이 없는 것과도 같다고 말한다. 그는 오랜 시간 끝에 다양한 문헌을 통한 새로운 원리를 찾아냈다. 즉 앞의 연원설을 부정하고 그는 성리학 원리로 그 뿌리를 밝히게 된다. 성리학에서 왔다는 근거를 세 가지 측면에서 제시한다. 첫째, 고려 말 조선 초기의 시조 작가가 모두 성리학자들이다. 둘째, 시조가 세 줄로 된 것은 천지인(天地人) 세 가지를 의미한다. 시조의 율조가 3·4조로 된 것은 성리학의 음양오행설을 응용한 것이다. 시조의 음보가 12인 것은 1년 열두 달을 담고 있다. 셋째, 1년 12개월이 순환하듯이 단시조의 구조는 순환구조로 되어 있다.

이러한 근거가 성리학의 원리에서 시조 형식이 시작된 것임을 밝히고 '역학기원설'이라는 이름을 붙여 논문을 발표했다. 이처럼 원용우 선생은 나이가 들어도 가로 놓인 벽 앞에서도 희망을 끈을 놓지 않았다. 그리하여 젊음의 샘을 끌어 올리는 그의 학구열이 시조의 원리까지 바꿔 놓게 되었다.

팔순을 넘긴 원용우 선생의 인생을 희노애락으로 짧게 대변한 것은 코끼리의 한쪽 다리만 만져 본 형상과 같다. 그러나 작품과 이야기를 통해 다시 한번 선생의 삶을 가늠해 본 것에 의미를 두고, 끝으로 시조 '별처럼'을 감상하면서 그의 인간성을 마음에 담아 본다.

> 더도 말고 덜도 말고 / 별처럼 살고 싶다 // 길 잃은 사람에게 / 길을 찾아 빛을 주고 // 외로운 / 사람에게는 / 사랑의 눈길 크게 주는.
>
> —「별처럼」 전문

특별기고

전생의 인연인가

원용우
(한국문협 자문위원)

나의 인생살이는 내가 선택한 것이다. 나의 문학도 역시 내가 선택한 것이다. 그러나 나도 모르게 나는 문학의 길로 접어들었다. 나의 소년 시절 『학원』이라는 잡지가 대유행이었다. 그것을 읽으면 가슴이 설레고 희망이 보이고 살맛 나는 세상이 열리는 것 같았다. 우리 집은 형편이 어려워 그 책을 사서 읽을 만한 여유가 없었다. 매달 발간되는 그 책을 동네 부잣집에서 빌려다 보는 수밖에 없었다. 그 책은 읽기 쉽고 재미있고 유익해서 내 영혼을 빨아들였다. 한번 읽기 시작하면 밤을 새워 읽었다.

그 당시 우리 동네에는 이야기책이 돌아다녔다. 지금은 그것이 고전소설이라 알고 있지만 당시는 소설인 줄도 몰랐고 더구나 문학책이란 사실 자체를 몰랐다. 대개 필사본으로 되어 있었고, 띄어쓰기가 되지 않은 줄글 형식이다. 「춘향전」, 「흥부전」, 「심청

전」, 「홍길동전」, 「임경업전」 등유(等類)의 책이다. 이런 책들을 빌려다 읽는 것이 나의 취미다. 한번 손에 잡으면 밤새워서 읽는다. 식사할 때는 왼손으로는 책을 잡고 오른손으로는 밥을 먹으면서 읽는다. 등잔불 밑에서 이불을 뒤집어쓰고 읽는다. "누가 당신 취미가 무엇이오"라고 물으면 나는 대답할 거리가 없으니까, "독서가 내 취미입니다."라고 대답한다.

1950년 6.25사변이 터지고, 1·4후퇴 때는 피란 생활을 하였다. 학교는 무기 휴업 상태이다. 고향으로 돌아오니, 온 동네가 불타서 잿더미가 되어 있었다. 이듬해 봄이 돌아오니 새로 집 짓느라고 야단이다. 그 겨를에 어찌 학교에 가겠다는 말을 할 수 있겠는가?

학교에 다니던 아이들이 서당으로 모여들었다. 그 큰 사랑방이 학동(學童)들로 가득 찬다. 천자문 읽는 소리에 온 마을이 떠나가는 것 같았다. 학습 방법 자체가 속으로 읽는 것이 아니라 큰소리를 내면서 읽는 것이다. 아침에 서당에 가면 누구든지 선생님 앞에서 전날 배운 것을 외워야 한다. 만약에 외우지 못하면 바지를 걷어 올리고 회초리를 맞아야 한다. 그러니 외우는 연습을 안 할 수가 없다. 진도는 조금 나가고 온종일 그날 배운 곳을 외우는 것이다. 그러니까 서당 공부는 무조건 암기하는 방식이다. 암기를 못하는 사람은 뒤처질 수밖에 없다. 소리 내어 읽다가 지치게 되면 먹을 갈아서 붓글씨 쓰는 연습을 한다. 이번에는 한자를 직접 써보면서 익히는 것이다. 한자를 완전히 익히려면 눈으로 보기만 할 것이 아니라 여러 번 써보는 수밖에 없다. 그런 점에서 한문 공부는 소리 내어 외우고 반복해서 써보는 연습을 하는 것이다.

6·25전쟁은 1953년 7월 27일 휴전협정이 체결되었다. 그 전해부터 서동들이 서당을 그만두고 학교로 나가기 시작했다. 서당의 학생 수가 절반 이상 줄어드니 현상 유지가 안 되는 것이다. 덕분에 나도 중학교에 다시 입학하여 신학문을 배우는 학생이 되었다. 새로운 희망과 꿈을 먹고 살아가게 된 것이다. 학교에서 배우는 교과목 중에는 이해만 하면 되는 이해 과목이 있었고, 암기해서 완전히 소화해야 하는 암기과목도 있었다. 암기과목은 서당에서 훈련받은 대로

하니, 우등생이 될 수밖에 없었다.

사정은 고등학교에 들어가서도 마찬가지다. 암기과목은 무조건 외워버리니 시험 성적이 올라갈 수밖에 없었다. 그중에서도 한문과 밀접한 과목이 국어이다. 우리 국어 단어는 70%가량이 한자어에서 온 것이다. 그러니 국어 과목 성적이 좋을 수밖에 더 있겠는가? 그래서 대학의 국문학과를 선택한 것이다. 국문학과에서 제일 많이 접하고 배우게 되는 과목이 문학 분야이다. 전공도, 국어학 전공, 현대문학 전공, 고전문학 전공으로 나눈다. 교과목에도 국문학 개론, 국문학사, 시조론, 가사론, 향가론, 수필론, 현대소설론, 고소설론 등의 명칭이 붙으니 밥 먹고 하는 공부가 문학 공부이다. 그러니 나의 인생, 나의 문학이란 말이 절로 나온다. 전생에 무슨 인연이 있었는지 모르지만, 문학은 나의 삶이 되어버린 것이다. 서로 떨어져서는 살아갈 수 없는 존재가 되어버린 것이다. 나는 대학에서 월하 리태극 선생님을 만났다. 그리고 전

공 지도교수로 정병욱 선생님의 논문지도를 받았다. 리태극 선생님은 시간 강사로 나오셨는데, 시조론과 가사론을 강의하셨다. 대학의 강의를 들으면서 심오한 학문 세계를 알게 된 것이다.

대학을 졸업 후 이리저리 굴러다니다가 진명여고에 입사하게 되었다. 여기서 만난 분이 국어 교사 이우종 선생이시다. 다시 말하면 시조시인 이우종 선배님을 만난 것이다. 선배님은 만날 때마다 나에게 시조 쓰라고 권장하셨다. 국어를 가르치면서 자연스럽게 시와 시조를 접했는데, 이제는 시조를 쓰고 등단의 절차를 밟으라는 것이다. 그 해가 1970년이다. 이해에 다시 시조를 만나게 된 것이다. 전생의 인연인가 후생의 만남인가. 그래서 시조 창작에 눈을 돌리게 되었고, 시조 창작 연습을 하게 되었고, 1975년 8월에는 「월간문학」 신인상으로 등단하게 되었다.

문학에는 이론면이 있고 창작면이 있다. 대학에서는 주로 이론면에 치우쳐서 공부하였다. 그러나 문단 등단의 통과의례를 거쳤으니 이제는 시조 쓰기에 심혈을 기울여야 한다. 그래서 씨얼문학회라는 동인단체에 참여하게 되었고, 수련 과정을 거치게 되었다. 이 단체의 고문은 리태극 선생님이시고 회장은 김광수 시인이 맡아서 수고 하셨다. 주로 하는 행사가 작품 품평회, 시조 낭송회, 동인지 발간, 문학기행, 문단의 어른들에게 세배 다니기 등이다. 그리고 곁들여서 시조집 발간하는 작업을 한다. 1985년에 첫 시조집 「여름 일기」를 발간하였고, 2020년에 아홉 번째로 시조집 「맛있는 시조를」를 발간하였다. 그러면서 시조의 세계는 눈에 보이는 것만 그리는 것이 아니라 눈에 안 보이는 곳을 그려야 참 시조가 된다는 것을 깨달았다. 그 외도 시조는 ①부드러워야 한다. ② 자연스러워야 한다. ③ 멋과 맛이 있어야 한다. ④ 운율이 있어야 한다. ⑤ 독자에게 공감을 줘야 한다. ⑥퇴고를 잘해야 한다는 점 등을 터득하게 된 것이다. 그리고 광진문화원에 '시와 시조반'을 개설하여 후진 교육을 하고, 시조 보급 운동을 하고, 시조가 우리의 국보급 문화재라는 것을 널리 알리는 전도사 노릇을 한 것이다.

이처럼 시조 공부에 열중하면서도 한편으로는 늘 궁금한 것이 있었다. 나의 짝 시조가 언제 발생했는지 분명하게 가르쳐 주는 사람이 없었다. 선배 학자들이 하는 이야기는 시조가 어디서 왔느냐를 따졌지만, 전부 각양각색이고 통일된 견해가 나오지 않았다. 그 기원설을 보면 ① 한시기원설, ② 佛歌기원설, ③神歌기원설, ④ 별곡기원설, ⑤ 향가기원설, ⑥ 속요기원설, ⑦ 민요기원설, ⑧ 음악기원설 등이 있는데, 시조의 조상이 이처럼 많다고 하는 것은 무엇인가 잘못되었다고 생각한다. 이 문제에 대하여 김수업 교수는 "시조의 발생 시기와 기원을 따지면서 흔히 그보다 먼저 있었던 어떤 갈래에서 그와 비슷한 점을 찾아 그것으로 설명하려고 애를 썼다. 그런 태도에는 은연중에 어떤 문학의 갈래는 반드시 그 앞의 어떤 문학 갈래의 바통을 받아서야 생겨난다고 하는 전제를 진리로 믿고 있었다고 볼 수 있다. 그러나 사실은 하나의 문학 갈래가 사라지면서 반드시 그와 비슷한 다른 갈래를 생겨나게 해놓고야 마는 것이 아니다." 김수업 교수의 논설을 인용했는데, 기원설이나 연원설을 주장하는 사람들에 통쾌하게 한

주먹 날린 것이다. 이래도 시조가 어디서 왔다는 기원설을 고집할 것인가?

시조는 어디서 온 것이 아니고 어떤 집단이 창안해낸 것이다. 시조는 고려 말에 발생했는데, 그때 시조를 짓고 부른 사람들의 면면을 우리는 정확하게 알 수 있다. 우탁, 이조년, 이존오, 정몽주, 이색, 성여완, 원천석, 길재, 정도전 등이 불렀다. 이들은 모두 당시의 신흥사대부요 성리학자들이다. 그래서 3장 6구 12소절의 시조 형식은 성리학자들 중에서 만든 것이다. 그중에서도 연대나 연치가 제일 높은 사람이 창안한 것이다. 바로 그분이 역동 우탁이다. 역동 우탁은 성리학을 연구해서 후진들에게 가르친 스승이 되는 사람이다. 역동 우탁은 주역에 달통한 사람이다. 시조 형식은 그 성리학의 원리를 적용해서 우탁이 만들었다. 따라서 고시조의 효시 작품은 역동 우탁의 <탄로가>이다. 그래서 본인은 앞의 기원설에 <역학기원설>을 추가해 둔다.

원용우 시조집

어머니의 길

초판 1쇄 인쇄일	2023년 11월 29일
초판 1쇄 발행일	2023년 12월 11일

지은이	원용우
펴낸이	한선희
편집/디자인	정구형 이보은
마케팅	정찬용 김형철 정진이
영업관리	한선희
책임편집	정구형
인쇄처	으뜸사
펴낸곳	국학자료원 새미(주) 등록일 2005 03 15 제25100－2005－000008호 경기도 고양시 일산동구 중앙로 1261번길 79 하이베라스 405호 Tel 02)442－4623 Fax 02)6499－3082 www.kookhak.co.kr kookhak2010@hanmail.net

ISBN	979-11-6797-143-2 *03810
가격	18,000원

* 저자와의 협의하에 인지는 생략합니다.
잘못된 책은 구입하신 곳에서 교환하여 드립니다.
국학자료원·새미·북치는마을·LIE는 국학자료원 새미(주)의 브랜드입니다.